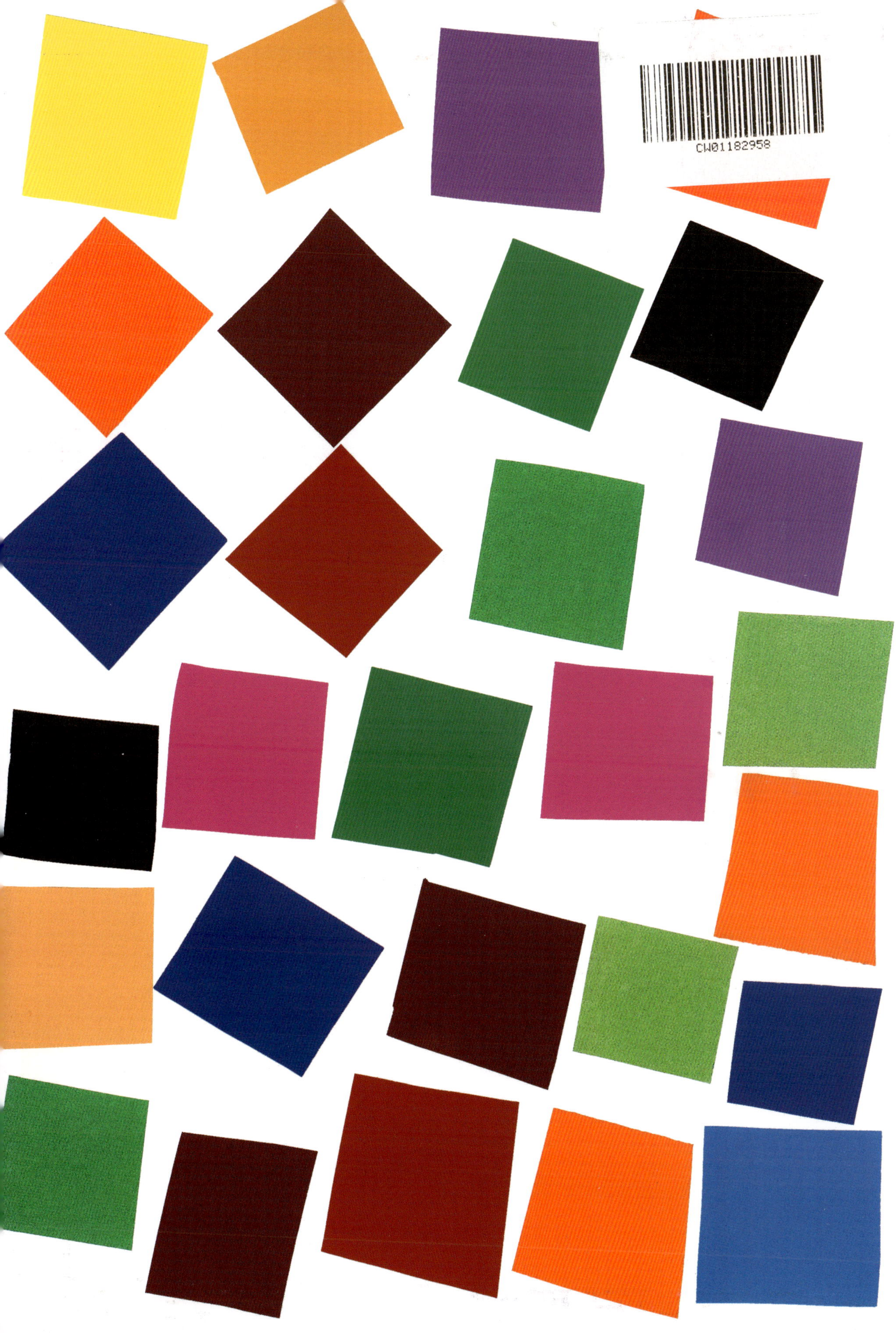

Título: O Livro das 7 Cores
Autores: Maria Alberta Menéres e António Torrado
Ilustrações: Jorge Martins
© Texto: Maria Alberta Menéres e António Torrado
© Ilustração: Jorge Martins

Pré-impressão: Leya, SA
3.ª edição (1.ª edição Moraes Editores 1983)
Tiragem: 1000 exemplares
Impressão e acabamento: Eigal
Data de impressão: setembro de 2014
Depósito legal n.º 380 127/14
ISBN 978-972-21-2707-3

Editorial Caminho, SA
Uma editora do grupo Leya
Rua Cidade de Córdova, 2
2610-038 Alfragide – Portugal
www.caminho.leya.com
www.leya.com

O Livro das 7 Cores

O Livro das 7 Cores

TEXTO DE MARIA ALBERTA MENÉRES E ANTÓNIO TORRADO
ILUSTRAÇÕES DE JORGE MARTINS

3.ª edição

CAMINHO

Introdução

Onde nasce o arco-íris?
Quem inventou as cores?
Como esquecer o azul?
Ao que sabe o laranja?
Ao que soa o violeta?
Quem vai contar ao verde
a cor que o verde tem?
O que sobra do vermelho?
Gota a gota, donde veio o anil?
Para onde fogem as cores
quando a noite vem?
E todas juntas
que sabem elas do branco?

Neste livro poisaram as cores.
Deu-lhes para falarem
connosco.
Que têm elas para nos contar?

O vermelho

Eu sou o vermelho
e sei o que quero.
Há quem me chame encarnado
mas eu gosto mais da cor
do meu sangue.
Encarnados são os
salmonetes.
Quando falam de mim
têm sempre a mania de me
enfeitar
com papoilas,
como se não houvesse mais
flores
da mesma cor. E se as há!
Olhem as rosas, os cravos,
os gladíolos, as sardinheiras...
Claro que cada uma delas diz
vermelho
à sua maneira:
a rosa como se fosse a única a
dizê-lo,
o cravo alegremente,
o gladíolo num grito a crescer,
a sardinheira cantando num
pregão.
Mas stop, chega de flores,
digo eu, que sou uma cor
brusca
— ou não coubesse no fogo
ou não corresse no vinho
ou não me arrojasse nas
touradas
ou não me rasgasse nas arestas dos rubis
ou não nascesse sempre sempre
na vertigem das bandeiras.

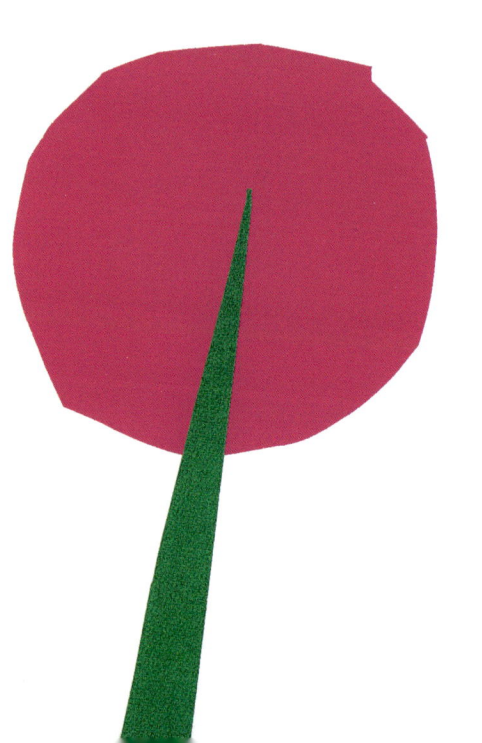

— Falem em mim, em mim — pede-me a joaninha.
— E então eu? — alvoroça-se o rabanete.
Parte-se a melancia, desesperada:
— Não se iludam, não se iludam.
Olhem-me para o coração!

Contemplo-os a todos.
São o meu território,
o meu mundo.
Mas que seria eu sem eles?

O laranja

Não havia meio de acertarem:
— Eu é que te dei o nome — dizia a laranja.
— Eu é que te dei a cor — dizia o laranja.

E nunca mais se entendiam.

Às vezes, depois destas discussões, o laranja ofendido com
a laranja sentava-se ao pôr do Sol e meditava:
— Um dia ainda te tiro a cor, laranja amarga!
Passas a ser para mim uma «limona».

Às vezes, depois destas discussões, a laranja ofendida com
o laranja encrespava-se na casca e meditava:
— Um dia ainda te dispenso o nome, ó cor mal-agradecida!
Passas a ser para mim uma desprezível mistura
de vermelho e amarelo...

Mas o que seria um sem o outro?
E a laranja, levando por diante o seu plano,
chamou a tangerina e confiou-lhe este segredo:
— Daqui para o futuro passas a chamar-me
apenas «tangerona». Ouviste?

Por sua vez o laranja,
levando por diante o seu plano,
chamou a tangerina e ordenou-lhe esta sentença:
— Daqui para o futuro
passas a chamar à laranja «limona». Ouviste?

A tangerina ficou atarantada: Limona? Tangerona?
Até onde é que estas birras iriam dar?
Olhava para a laranja e via-a
como sempre a vira: cor de laranja.
Atreveu-se a confessar a sua opinião.

— Cor de laranja, eu? — indignou-se a laranja.
— Sou, quando muito, uma feliz mistura de vermelho e amarelo,
em forma de fruto!

— Cor de laranja, ela? — indignou-se o laranja.
— Será, quando muito, uma imitação do amarelo
a descair para o encarnado...

A laranja e o laranja tinham cortado relações.
Como que não se conheciam. Ignoravam-se.

Até que alguém apareceu nesta história
e foi colher a laranja.

Levou-a do pomar para uma cesta de fruta
onde já repousavam maçãs muito reinetas,
peras muito aperaltadas,
ameixas bonitinhas
e um cacho de uvas moscatel a estudar para passas.

— Vão-nos tirar o retrato! — disseram
as uvas moscatel em coro
à recém-vinda laranja.

Realmente o pintor sentou-se numa tripeça,
puxou para ele o cavalete
onde uma tela branca aguardava
e esboçou os primeiros traços
de uma «natureza-morta».
As frutas ajeitaram-se no açafate,
cada uma delas a dar o seu melhor para o retrato.

Para cada fruta, o pintor estudou a sua cor.
Quando chegou a vez da laranja
que, diga-se de passagem,
dispunha de um lugar de honra no quadro,
o pintor pegou nela
e trouxe-a para junto da tinta
que estava a preparar.
— Olá menina! — cumprimentou o cor de laranja
da paleta — Não me conhece?

A laranja fez-se despercebida:
— Tenho uma ideia, mas não consigo lembrar-me do seu nome.

— Tem graça! A mim também me escapa o seu.

O pintor, que talvez soubesse destes arrufos,
sorria para o quadro enquanto pintava.

Bem destacada dos outros frutos, lá estava a laranja
resplandecente, exuberante de cor.
Ela viu-se retratada. Gostou.
E de súbito, toda inundada de doçura,
a laranja exclamou:
— Obrigada, cor de laranja. Estamos um primor!

— Fez-se o que se pôde... — anuiu o cor de laranja,
disfarçando a vaidade. — Mas grande parte do mérito
cabe à retratada!

E a laranja e o laranja reconheceram finalmente
que tinham muito a ver um com o outro.

O amarelo

Tenho muitos inimigos.
Caluniam-me. Insinuam:
«Que seria do amarelo
se não houvesse o mau gosto?»
Fico amarelo de raiva.
E agora que, nesta tribuna,
tenho a grande oportunidade
de os desmascarar,
só lhes grito na minha voz clara:
      g e m a
      s o l
      o u r o

Com estes argumentos os desfaço.

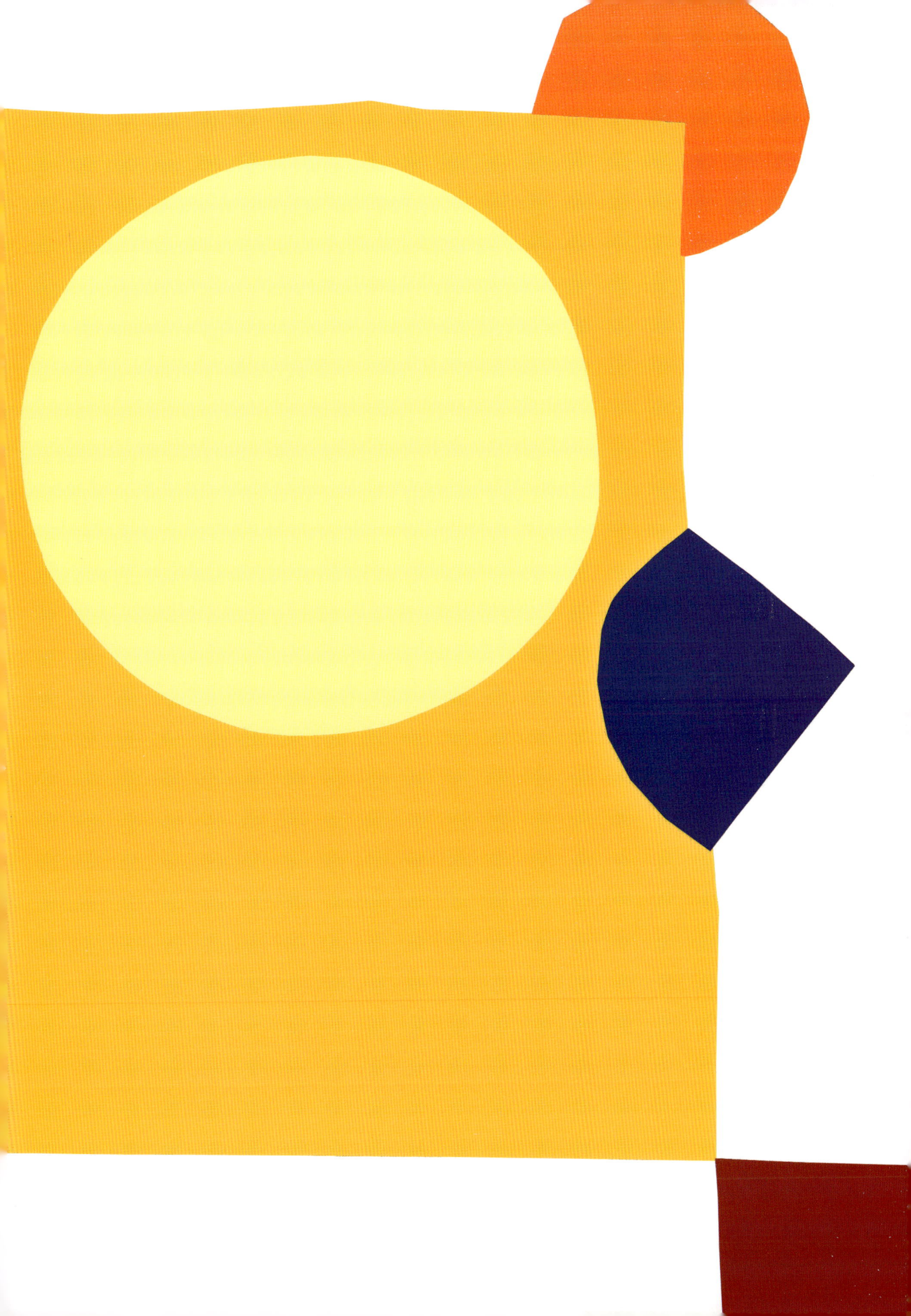

O verde

Eu sou o verde.
Vim de um arco-íris e escorreguei
por dentro de uma gota de chuva.
O céu era azul e a terra amarela
e deles nasci.
Andei à cata de coisas
e poisei num cato do deserto.
De mar em mar,
de lagarto em rã,
descobri esmeraldas
e abri os olhos dos gatos.
Andei de gatas, rasteirinho,
pela terra dos gafanhotos novos,
da salsa, das nabiças,
da alface e da hortelã.
Fiz-me caldo verde.
Fui à mesa, escondido no vidro das garrafas.
Dei-me a cheirar nos manjericos.
Espreitei pelas persianas e vi os carros
passarem quando eu mandava.

Mostrei-me nas bandeiras.
Subi às alturas na hera dos muros;
nos limos, nas algas, desci às funduras.
Viajei muito, coleciono tudo:
penas de papagaio,
berlindes,
ervilhas,
trevos de quatro folhas,
moedas desenterradas.
Umas vezes sou velho, outras vezes sou novo.
Tanto posso despontar de uma erva escondida
como posso secar numa folha caída.

O azul

Dantes era azul
a cor dos sonhos
e a imensidão do mar
por navegar.

Grutas inexploradas
e lagos muito azuis
quase não tinham fim
nas almofadas de cetim.

Cavaleiros azuis
cavalgavam nos pratos
de ir e ficar na mesa,
da sopa à sobremesa.

Miosótis pintados
julgavam ser topázios,
todos de azul nas hortas
azuis das horas mortas.

— É menino! É menino! —
canta esta mãe em flor.
Notícia azul a ler
em tinta de escrever.

De marinheiros novos
está o mar povoado.
As hortenses rebentam
nas varandas que inventam.

Na cauda dos pavões,
olhos azuis não veem
voar as borboletas
de asas azuis e pretas.

Há uma Lua azul
à beira do silêncio,
quando de noite as neves
se azulam de tons leves.

Há um mágico sopro
de cristal para a Lua,
um ar parado e denso
de mistério suspenso.

Uma nave tão lenta
num azul tão sideral
— que planetas procura?
Que vida mais futura?

O anil

Encontrei um dia o senhor anil
e disse-lhe de brincadeira:
— Olá, senhor azul.

Alarmou-se e ganiu:
— Irra. Não sou azul, sou anil.
Para a próxima, tome mais atenção!

No dia seguinte voltei a encontrá-lo
e disse-lhe já de maldade:
— Olá, senhor violeta.

Assanhou-se e explodiu:
— Irra. Não sou violeta, sou anil.
Mas quando é que você percebe de cores?

— Depende dos dias — respondi eu.
— Quando há mais sol, parece-me mais azul.
Em havendo menos sol, parece-me mais violeta.

— E que tenho eu com isso? —
respondeu de perfil o senhor anil.
— Afirme-se melhor nas suas opiniões.
Olhe que eu não mudo assim.
Sou anil, só anil e sempre anil!

— Mas também há quem lhe chame Índico...
Síndico... ou Galantine... —
atrevi-me eu, por marotice.

O senhor anil, estas coisas não tolerava:
— Galantine? Síndico? Índico?
Ah, como a ignorância é atrevida!
Você quer dizer: Índigo. Cor extraída
do indigueiro,
que é uma planta tintureira. Sabia?

Eu não sabia.
E a desculpar-me ainda lhe disse:
— Mas gosto mais do seu nome, senhor anil,
embora me faça um bocado de confusão
essa sua cor tão pouco definida,
assim em meias-tintas...

Aqui, foi um desastre.
— Meias-tintas? Eu? — ferveu o senhor anil
quase a evaporar-se. — Fique sabendo
que pertenço por direito e honra
ao espectro solar!
Sou uma das cores fundamentais.
Se faltasse ao arco-íris,
o azul despenhava-se no violeta.
Eu é que os equilibro.
Eu é que os aguento.
Na escada das 7 cores, sou um degrau
i n d i s p e n s á v e l !

E cada vez mais senhoril
afastou-se o senhor anil.

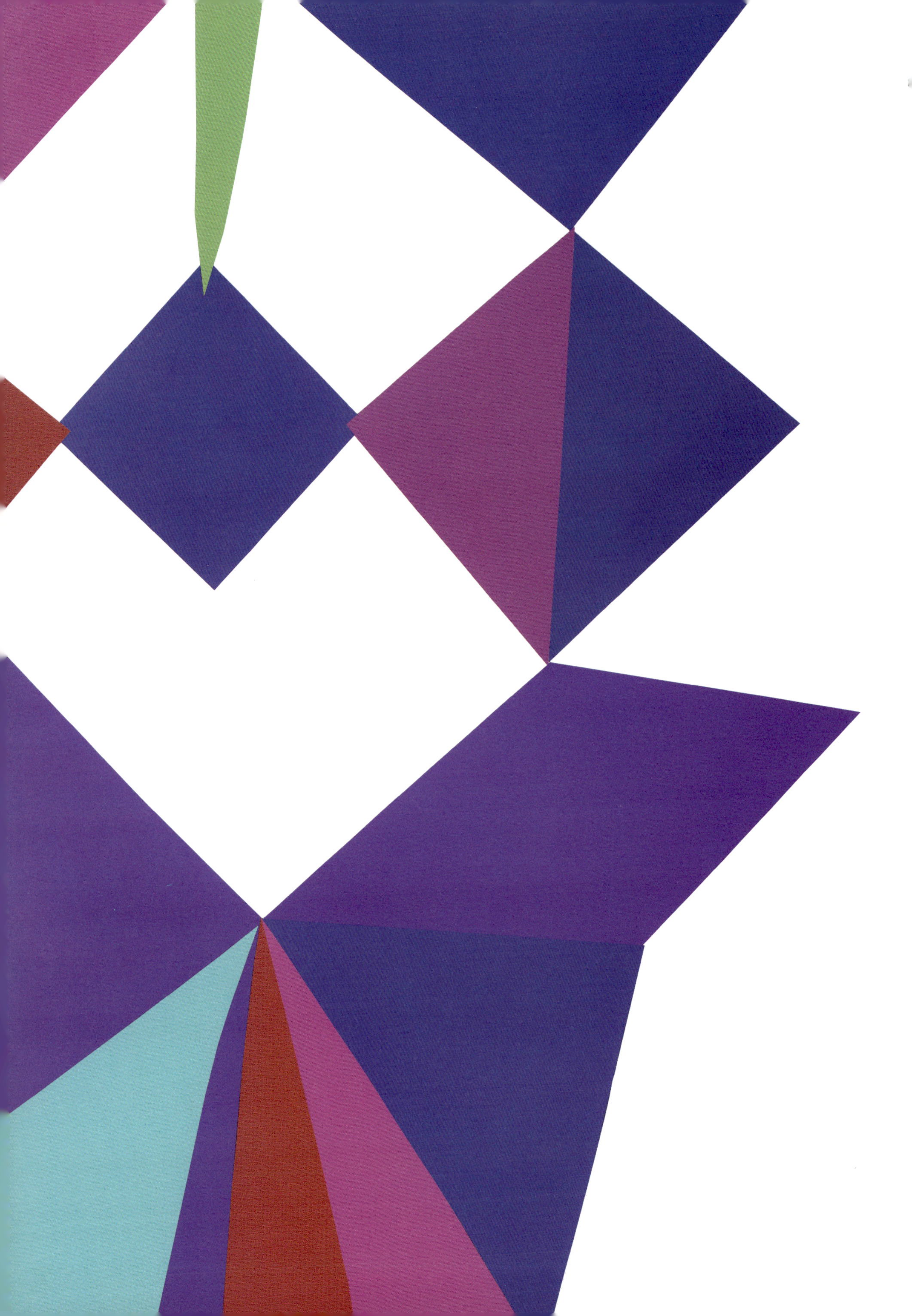

Violeta, violeta e violeta

Levanta-se a flor do meio do mato
e diz: — Violeta.

Para a mãe no meio da música
e chama: — Então, Violeta?!

Salta a menina do meio do espelho
e estremece: — Ai a violeta.

E agora?
A Violeta, que vinha do espelho,
ao ouvir a mãe interromper-lhe
os esquecimentos de menina vaidades,
voltou à música.

Que tocavam elas?
A mãe, violoncelo; a filha, violeta.
Muito certinhas, as duas:
o que uma lembrava, a outra seguia;
o que uma levava, a outra trazia.

E o céu, de vê-las tão concertadas
tocando o seu concerto,
também apurou as suas cores,
e de azul em que estava passou a violeta.

Era quase o fim do dia.
Os lírios do jardim,
quando o vento lhes perguntou
que tal a música lhes soava,
responderam que assim-assim,
que assim-assim...
Eram uns desdenhosos estes lírios
do jardim
— mas não a flor do mato
que rente ao muro
romântica
se alçava,
desdobrava,
e num delírio de perfume
só balbuciava:
— Ai a Violeta a tocar violeta!
Que encanto!
Nós, violetas, nascemos para espalhar beleza!

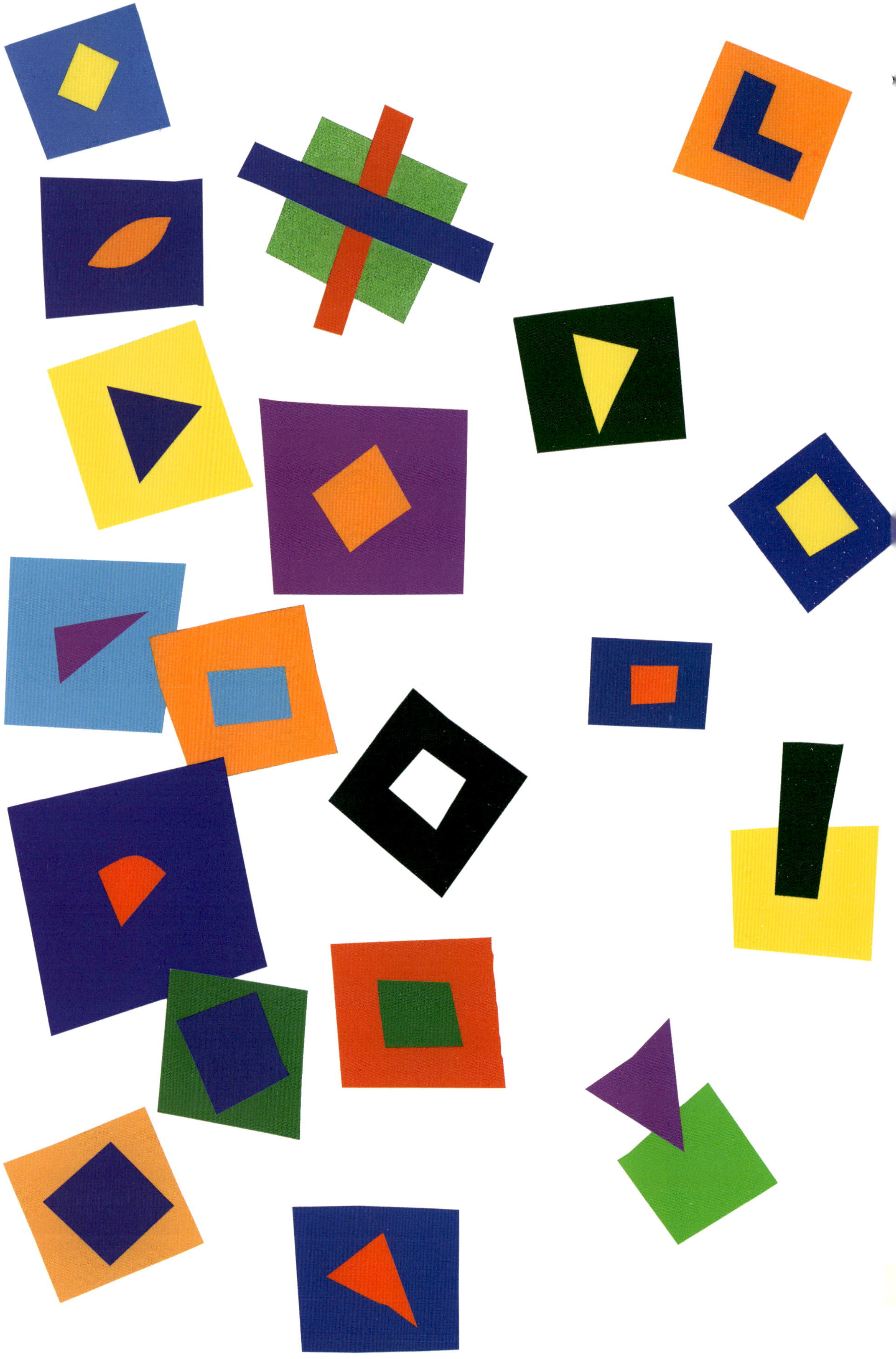

Conclusão

Vieram as cores
cada uma de seu lado.
Tinha tocado a reunir.
A família dos azuis,
cumprimentando os verdes,
pediu-lhes para se chegarem
um pouco mais para lá.

— Mas os amarelos apertam-nos! —
queixaram-se os verdes.

— A culpa é dos laranjas —
desculparam-se os amarelos.

— Quem está na ponta? —
perguntou o azul-turquesa.

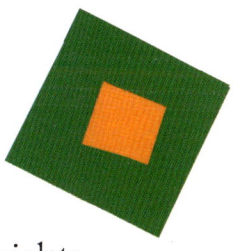

— De um lado, o violeta,
e do outro o vermelho —
esclareceu o verde-garrafa.

— Eles que se afastem
para cabermos todos! —
sugeriu o amarelo-gema.

Então o vermelho deu um passinho
para um lado,
o violeta deu um passinho
para o outro lado,
e as cores lá se ajeitaram.

Ajeitaram-se, mas foi por pouco tempo.
— E agora, que vamos fazer? —
perguntou o verde-ervilha ao verde-alface.

— O costume: já sabes que destes encontros
ou sai vira
ou sai rima!
Se sai vira, fica a assembleia
em branco.
Se sai rima, bem certinha, bem rimada,
preto no branco,
mão na mão,
acaba tudo na afinação.

— Vamos à rima! Vamos ao hino! —
gritaram todas as cores em coro.
E em coro cantaram
o hino do arco-íris.

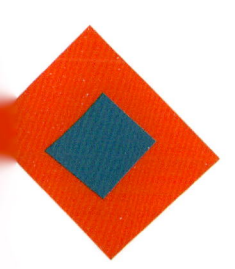

Hino do Arco-Íris

Sete cores, setenta e sete
voltas do nosso girar,
mais de sete mil e sete
voltas havemos de dar.

Sete cores, setenta mil,
não há cores que tenham par,
poisamos em cada coisa
o tom que lhe queremos dar.

Sete cores, setenta e sete
voltas do nosso girar,
quem nos quiser conhecer
tem de ver mais do que olhar.

Sete cores, setenta mil,
setecentas mil talvez
maneiras de ser subtil.
Cada cor, era uma vez…

Maria Alberta Menéres
nasceu em Vila Nova de Gaia, mas passou parte da infância numa herdade isolada do Ribatejo. Aí aprendeu o perfume da terra, o sabor das manhãs, as cores do poente. Dessa aprendizagem fez, mais tarde, poesia, distribuída por muitos livros, quer para adultos, quer para os mais novos, quer para todas as idades de leitura. À sua vasta obra para crianças, que comporta também livros de contos e de teatro, foi atribuído, em 1986, o Grande Prémio Calouste Gulbenkian de Literatura para a Infância.

António Torrado
nasceu em Lisboa, embora com raízes familiares em Castelo Branco, donde recorda os serões passados à roda da braseira, a ouvir histórias, romances populares, lengalengas e provérbios. Mais tarde, quando começou a escrever, quis também juntar à mesma roda de atenção os seus jovens leitores. Com produção literária para adultos, entre ficção, poesia, teatro e argumentos para televisão e cinema, foi, no entanto, a sua extensa obra para crianças que mais o destacou e veio a merecer, em 1988, o Grande Prémio Calouste Gulbenkian de Literatura para a Infância.

Jorge Martins
nasceu e viveu em Lisboa até ao início da idade adulta, quando optou por Paris, onde a sua pintura começou a ser reconhecida pela crítica da especialidade. De regresso a Portugal, expôs nas principais galerias do país e também no Brasil, em França, no México, nos Estados Unidos, etc. Com o presente livro recebeu o Prémio Calouste Gulbenkian de Ilustração de Livros para Crianças (1984). Em 1998, a Fundação Calouste Gulbenkian dedicou à sua obra uma exposição retrospetiva e o mesmo fez o Centro Cultural de Belém, em 2006. Em 2014 a Fundação Carmona e Costa e o Museu de Serralves exibiram uma retrospetiva de desenho, tendo esta última recebido o Prémio para melhor Exposição SPA.

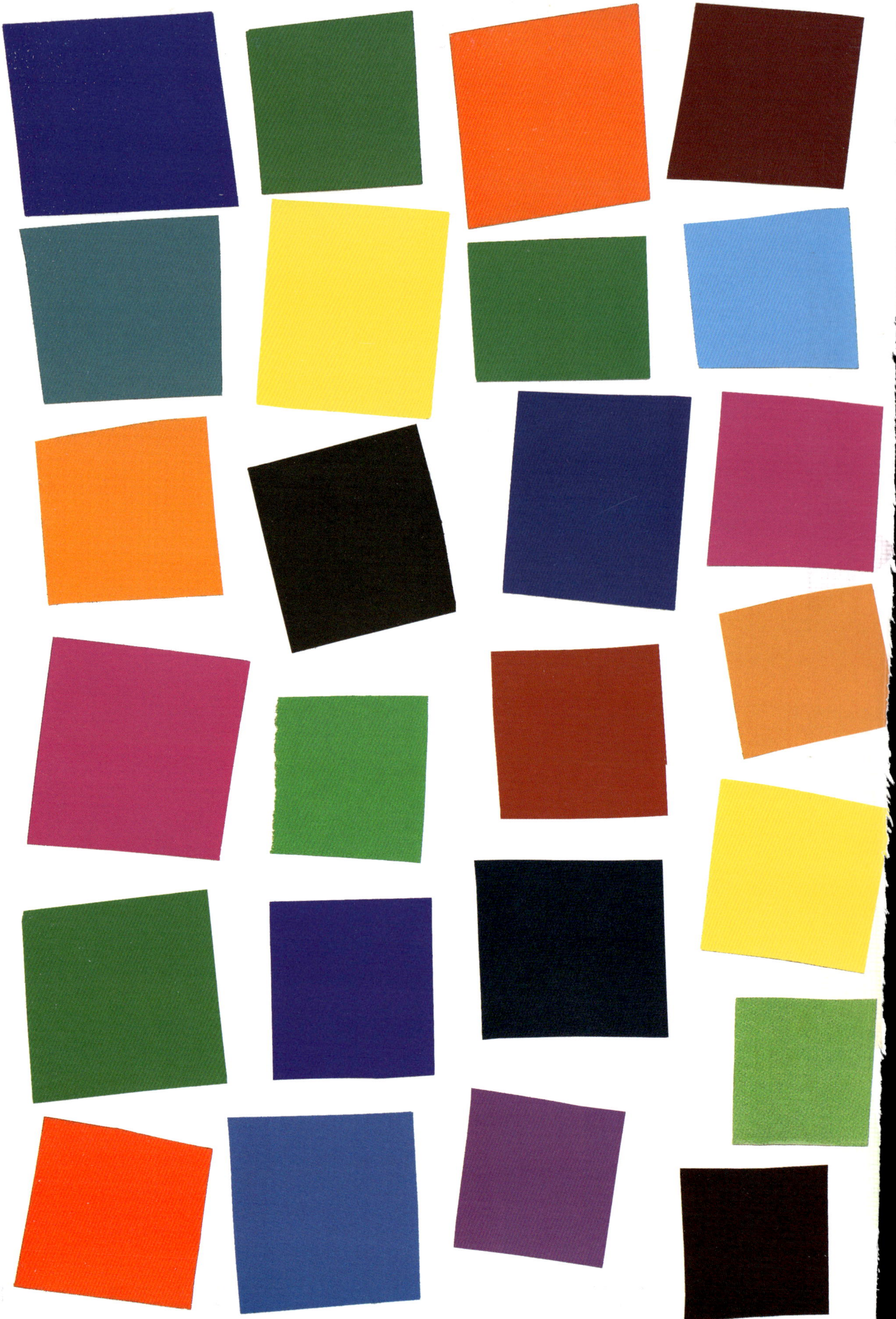